U0106323

各位親愛的鼠迷朋友，
歡迎來到老鼠世界！

謝利連摩·史提頓！

Geronimo
Stilton

Geronimo Stilton

老鼠記者漫畫 ❷

古堡驚魂夜

故事：伊麗莎白·達米　　繪圖：湯姆·安祖柏格

上色：科里·巴爾巴

新雅文化事業有限公司
www.sunya.com.hk

目錄

噢……我忘了先做自我介紹！我叫**史提頓**……

謝利連摩·史提頓！

我經營着妙鼠城裏最暢銷的報章——《鼠民公報》！

鼠民公報

城市危機解除，鼠民可以安心回家了！

而我同時也是一位作家，正在寫一部小說。這部小說的名稱是……

走開，別擋路！

當我抵達辦公室的時候，包裹已經送達了。

我的秘書鼠

莎娜

慌張極了！

史提頓先生！司機說這是生死攸關的！

別擔心，我只是……這只是……

以一千塊莫澤雷勒乳酪的名義發誓！

幾個小時後……

這是最後一個箱子了！

我得用上放大鏡，才能把東西從這個箱子裏拿出來……

那是一卷迷你的紙條！

誠邀你今晚蒞臨骷髏頭城堡共進令人**毛骨悚然**、**不寒而慄**、心驚膽顫的——

神秘晚餐

第二章

喀喱，準備就緒了嗎？

神秘晚餐？
妙極了，
史提頓先生！

一點都不妙啊！
我完全不知道
這是什麼一回事！

你會一邊吃着不尋常的食物，一邊跟其他鼠一起玩破案解謎遊戲！

呃！

哪隻怪鼠會做這樣的事啊？

喂，傻瓜啫喱！

這時，我的表弟賴皮走了進來！

20

但我不想去——

嗨，啫喱，
還在等什麼？

我的妹妹，菲

快走吧！
多愁·黑暗鼠
在等着呢！

多愁·黑暗鼠？

當然啦，
不然還有誰
會邀請我們到
骷髏頭城堡
吃神秘晚餐？

但多愁·黑暗鼠
很……很可……

可愛？
她真的很可愛！而且，我想她在暗戀你呢，啫喱。

我不是想說 可愛 ，我想說 可怕！

多愁·黑暗鼠喜歡：

蜘蛛！

棺材！

蝙蝠！

骷髏！

墓碑！

R.I.P.

最佳食用日期：2007

還有過期乳酪！！！

老表,
別那麼膽小如鼠吧!

這是一個千載難逢
的機會,可以贏取大
禮物啊!

什麼
禮物?

多愁‧黑暗鼠將會送出一份大禮
給能夠破解謎題的鼠啊!

得獎的還
不是我?

咇咇!

她來了!

第三章
多愁·黑暗鼠
來了

我們跑到樓下，看見多愁·黑暗鼠正坐在她的
超級墓碑跑車 上等着我們！

怪獸石
車頭裝飾

鼠跑車500
的引擎

真的墓碑

非常、
非常
吵耳

TT

尖牙

用沼氣驅動

賴皮和我擠進了後座，菲則坐在副駕駛座
和多愁·黑暗鼠聊天……

多愁·黑暗鼠在迂迴的山路上駛得太快了!

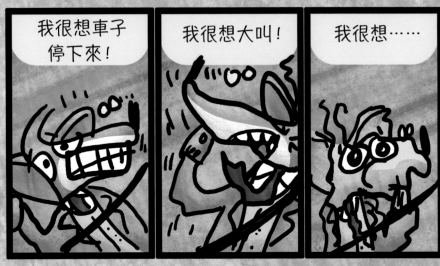

第四章
歡迎來到
骷髏頭城堡

經過一陣瘋狂駕駛,多愁·黑暗鼠在一陣刺耳的急刹聲中把車停下來!而我驚魂未定,只能跌跌碰碰地下車。我們總算活着到達骷髏頭城堡。

我以為多愁·黑暗鼠的駕駛技術已經夠恐怖……誰知道她的家還要更可怕呢！真是可怕得要命！

第五章

噢，亂作一團的

蜘蛛網

當我們一起走進骷髏頭城堡，
這才發現原來在城堡裏比外面還要恐怖！

你喜歡這裏嗎？

誰會喜歡啊？
這裏討厭死了！！
非常
陰森恐怖！
這裏有
可怕的
利劍武器……
極度鋒利的
斧頭……
一副陰森的
金棺材……
滴着蠟的
蠟燭……
……然後四處都是
蜘蛛網！

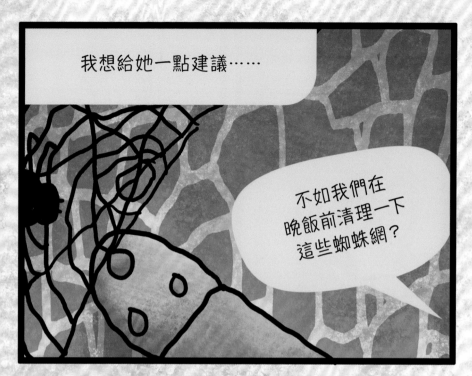

噢，不好了！你得罪了**詩蛛絲女士！**

我得罪了**她**？

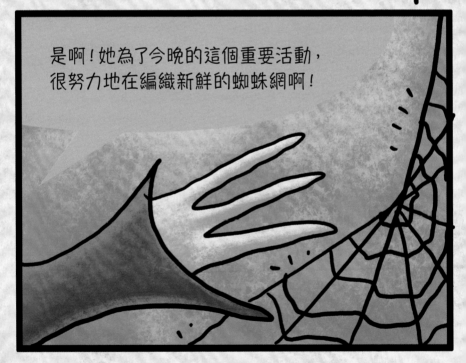

是啊！她為了今晚的這個重要活動，
很努力地在編織新鮮的蜘蛛網啊！

沒錯！這就是今晚的大獎！

今晚誰最**勇敢**、**大膽**又聰明，

能成功破案解開謎題的，就能跟我一起到

塔鼠曼尼亞

享受旅遊探險！

我很希望是你啊，啫喱，
因為——

這時忽然有一隻巨型的**蝙蝠**飛過！
牠是多愁‧黑暗鼠的寵物，名叫怒斯蝠。
難得一次，我居然很開心可以見到牠！

嘎嘎嘎嘎

呼！

第六章

食指大動的
滋味

怒斯蝠為多愁·黑暗鼠帶來了一個信息……

40

波科‧佛蘭比？

那位著名的星級鼠廚？

是啊！我們的廚師炆燉鼠先生正在休假，幸好波科說他可以幫忙預備晚餐！

太好了！炆燉鼠先生煮的東西非常

難吃！

例如：
霉汁真菌餃子

波科這位星級鼠廚的食物在電視裏看起來都很可口⋯⋯

結果波科很高興，而賴皮則很生氣……

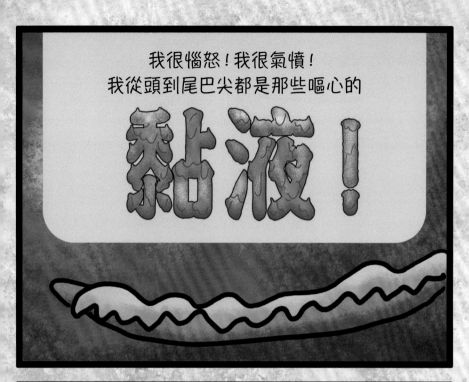

嘩啊!!!!

抱歉啊,小乖乖!

看來我的寵物捕蠅草——咀嚼者,對你無法抗拒。

畢竟,你全身蓋滿了美味的醬汁!

我要回家洗澡！

不要啊，小乖乖！那麼我的神秘晚餐就泡湯了！

我不要這樣子吃晚餐！

誰？

好了好了！你可以在這裏洗澡。讓史力和史納為你帶路吧！

第七章

他們並不如外表
那般 乖巧

多愁·黑暗鼠吩咐她的一對雙胞胎姪子
帶我去洗澡的地方。

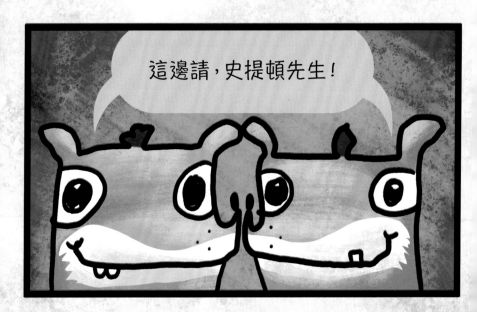

這邊請，史提頓先生！

多愁·黑暗鼠那兩個可愛的姪子帶我經過
一道門之後，走進了花園……

咦，這個是豪華的戶外花灑設備嗎？

噢，當然了！

很豪華的！

站在這裏就對了。

你要閉起雙眼，放鬆……

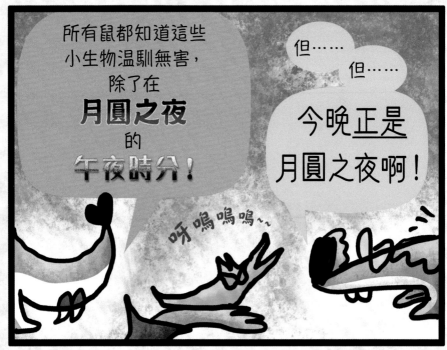

別擔心，我肯定他們在午夜前會將這些蛞蝓放回籠子裏的……

對吧，孩子們？

噢，當然，親愛的姑姐！

好了，小乖乖，你真的必須要快快去梳洗整理一下了！神秘晚餐快要開始了！

你這樣子真是

糟透了，

真的不行。

第八章

受到侮辱又受到傷害

多愁·黑暗鼠說她的爺爺已經睡了，
所以我可以到他的浴室使用他的浴缸。

那裏有點**陰森**，
但起碼我可以好好清洗一返，回復乾淨**整潔**。

我穿好衣服之後，有另一位賓客來到了……

你看！是
史諾比茲‧
作家鼠，
著名的
偵探
小說家！

嗨唷，

多愁‧黑暗鼠！

我今晚要破解你的
謎題，讓大家見識
見識我那
非凡的
聰明才智！

我認得你！你就是

謝利連摩·屎提頓！

你肯定想幫你那份無聊的
報紙訪問我吧！

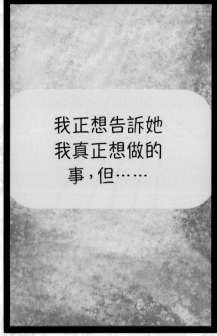

我正想告訴她
我真正想做的
事，但……

第九章

另一位

猛⊕將

各位,這是我們最後
一位來賓,陰暗籃球
隊的明星……

佩里·
米斯古斯!

第十章

遊戲
規則

那時，一個棺材形的時鐘敲響了，上面有個小裝置打開來，走出一隻嚇人的**蛞蝓**！

各位，八點鐘了！

是時候吃晚餐了！

神秘的破案
猜謎遊戲
要開始了！

呃……那麼活動在午夜前就會結束，**對嗎？**

你急不及待要勝出，對吧？

多愁·黑暗鼠
神秘晚餐規則

多愁·黑暗鼠首次隆重舉辦
神秘晚餐
遊戲規則和指引

我已為各位預備了一宗神秘的謎案，大家可以在享用美食之餘，盡享歡樂！

1. 有一樣東西「被偷」了。（注意：並不是真的被偷，只是假設被偷了。）

2. 在用餐期間，將會出現一連串的線索，提示大家被偷的是什麼東西，以及這東西藏在哪裏！

3. 最快找到那「被偷」的東西的參加者，就會勝出！

4. 你不能向任何骷髏頭城堡的鬼魂求助！

第一個線索……
寫在你湯碗裏的底部！

大家吃快一點
就能看到提示，
搶佔先機！

各位請盡情
享用！
這是用最新
鮮的蠊螺
熬製的！

這氣味就像

臭鼬鼠的臭屁！

到底有誰能吃掉
這東西？！

我以為這碗湯是世上最噁心的東西……
原來不是。賴皮喝完湯後打的嗝才是！
我們還是快點跳去下一章吧！！！

第十一章

第一個線索！

賴皮發出那聲 **令人作嘔** 的打嗝之後，
居然還要求再來一碗湯！

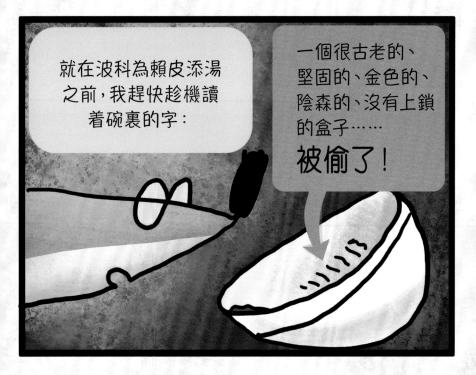

就在波科為賴皮添湯之前，我趕快趁機讀着碗裏的字：

一個很古老的、堅固的、金色的、陰森的、沒有上鎖的盒子……
被偷了！

怎麼了？
這個線索有沒有讓你
留意到什麼被偷了？

嗯……

我環視房間裏那些早前見過的恐怖物件……

☑ 劍　　☑ 斧頭　　☑ 蜘蛛網

☑ 蠟燭　　☐ 棺材

那好吧，屎提頓，你那麼聰明，告訴我們那棺材現在在哪裏……

對啊！

對啊！

對啊！

這是一個謎題啊……

沒錯啊！
讓我們繼續吃這頓神秘晚餐，找出下一個線索吧！

第十二章

第二個
線索！

我們一起回到餐桌前繼續吃晚餐。
波科送上他的第二道菜……

以一千塊莫澤雷勒乳酪的名義發誓！

這很嘔心！

它的樣子好像

一條蟲！

它還在

扭來扭去！

沒有任何一隻
正常的鼠會想
觸碰它！

魷魚
黏液
←

我的那條看起來像英文字母「W」，你的那條就像英文字母「S」。

而佩里的則像英文字母「K」，還有……

停止！

大家停止進食，先看看你的碟子！！！

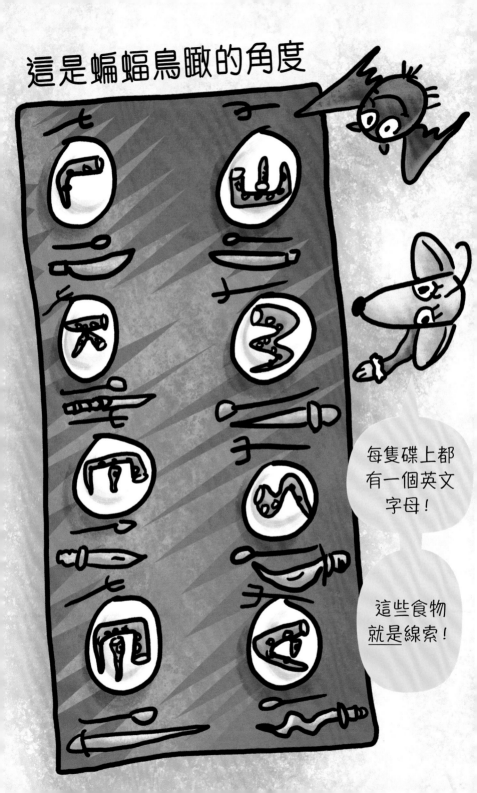

兒童桌→

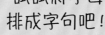

這個線索
不對啊！

真臭啊！這讓
我想起了我在
上一本書*中的
可怕經歷！

但那些字母很難排列出
其他字詞啊！

看來我們肯定是
遺漏了些什麼！

但是什麼
呢？

* 想知道更多關於本故事內容，可看《老鼠記者漫畫 1：妙鼠城臭味之謎》。

哈哈！你們漏了我吃掉的那個字母啊！

對啊！那你的是什麼形狀？

呃……

海怪的形狀？

不，那是「R」，我的英文名字也有這個字母！

各位親愛的讀者，你也來一起想想吧，
試試能否解開這個謎？（答案就在下一頁）

第十三章

叫醒

睡夢者

各位親愛的讀者，你們也有頭緒嗎？
我記得多愁·黑暗鼠的爺爺已經睡着了。

88

來到多愁爺爺的房間時，我聽見他的鼻鼾聲，但什麼都看不見！

你可以開一下燈掣啊！

噢，謝謝你，史力。

我是史納！

噢……抱歉。

第十四章

金棺材

維克托·黑暗鼠大步大步地走到飯廳⋯⋯
他把我剩下的菜都吃掉了，
這一點讓我很高興呢。

所以⋯⋯你們想知道
關於金棺材的事？

鬼魂的惡作劇！

似乎很有趣啊，啫喱，對吧？

一點都不有趣！
鬼魂和惡作劇是
我最不喜歡的
五樣東西中的
其中兩樣！

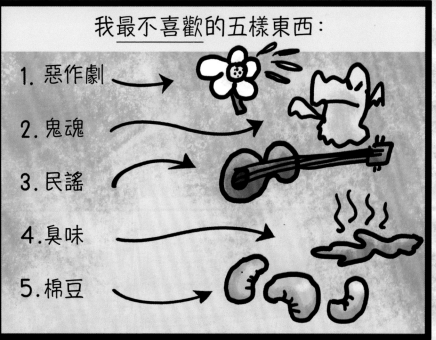

我最不喜歡的五樣東西：

1. 惡作劇
2. 鬼魂
3. 民謠
4. 臭味
5. 棉豆

那些鬼魂很感激我的曾曾曾祖父，於是為他造了一副金棺材來答謝他……

嗯……這個故事聽起來好像有點怪怪的……

可能是民謠的部分！

不知為何這副棺材後來不見了！
直至 1978 年，我去購買

迪士高
舞靴

的時候，在一間古董店
找到了它！

我買下了那個棺材（以及舞
靴），於是，金棺材又回到
了骷髏頭城堡了！

嘻嘻！

這故事實在太悲傷了！

嗚嗚嗚……
嗚嗚嗚……

呼呼

賴皮！這只是為了神秘晚餐而編造的故事，記得嗎？

噢，是的，我·抽鼻子·知道的！

下一個線索將會提示大家金棺材如今所在的位置！

波科，請上主菜！

等一下，親愛的，我要由地牢把主菜帶上來！

到底是什麼嘔心的食物要保存在地牢裏？

第十五章
神秘的雜碎

我們又回到座位上，等着波科上菜。不幸地，我坐到了**作家鼠**旁邊。

那……屎提頓，你在報社做什麼職位的呢？

負責送報紙的嗎？

不！我是一位報紙出版人！
我也是記者、編輯和小說作家！

你也有寫作小說？真有趣。小說的名字是什麼？

我小說的名字是……

熱騰騰的神秘雜碎串燒

不！那不是我小說的名字！

那是波科在地牢裏拿出來的東西！

它的確很熱騰騰，也是串着燒的。但是，如果說這是線索，我一點頭緒都沒有！

噓……菲……你那碟有線索嗎？

我不知道啊！那看起來太嘔心了，我把它拿來餵給桌下的**巨型蟑螂**了。

桌下有一隻巨型蟑螂？！？！？

沒有了。牠吃了一口之後，就感到不適，回家了……

為何偏偏是我？像我如此親切 **友善** 的

老鼠，怎會落得滿 **熱騰騰** 的

雜碎——它甚至可能有些 **蟑螂唾液** 在

上面！！！我們怎麼會在月 **圓** ⚬⚬ 之夜

被困在一個有 **狼人蛞蝓** 的 **城堡** 裏？

為了逃離這裏，我必須解開謎題！
要解開謎題，我必須得到下一個線索！
要得到下一個線索，我必須……

* 傑克乳酪是一種美國特色辣味乳酪，以墨西哥辣椒香料製作。

第十六章

你將要死
（哈哈哈）

突然，多愁·黑暗鼠的父親，殯葬·黑暗鼠跑了進來……

各位來「殯」，晚安！歡迎各位蒞臨骷髏頭城堡！哈！哈！哈！

113

殯葬·黑暗鼠的笑話

太 **老套**、太 **陰森**，也太 **冗長** 了。

於是，喪屍對食屍鬼說：「音樂劇？我以為你說『陰惡劇』？」然後食屍鬼說：「是啊，音樂劇的名字叫做『陰惡劇』。」於是喪屍問：「買票要多少錢？」然後另一隻食屍鬼說：「你可以交出你那不朽的靈魂，又或者付十二元來看日間場。」「我不能來看日間場啊。」喪屍說。「為什麼？」食屍鬼問。然後，喪屍說：「……因為我正在跟吸血鬼約會。」哈哈哈！明白嗎？因為吸血鬼只能在晚間活動，所以無法去看日間場！懂了嗎？很好笑，對不？哈哈哈！好了，如果你聽過接下來的這個笑話，你就叫我停下來吧 從前 有一條魷魚跟一隻鳥形龍偷偷潛入了墓園……

當然，賴皮覺得很好笑！

我倒覺得這些笑話沒什麼品味……

就跟這裏的食物一樣毫不吸引！

最後，我有一個謎語問大家：什麼鐘是沒有指針的？

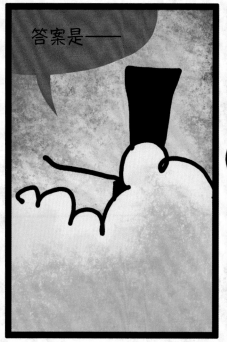

答案是——

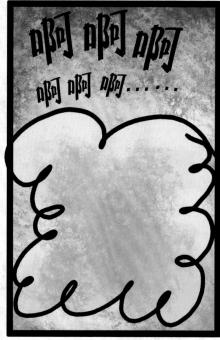

噢，臭死鼠了！啫喱，你至少也說句「不好意思」啊！

但……

我沒有……那不是……我從來沒有……不是我啊！

沒關係，親愛的！

那只是爸爸最後的一個笑話！

那麼……你們能解開他留下的謎語嗎？這就是下一個線索！

什麼鐘是沒有指針的？

第十七章

時間有點晚了

大家都踴躍地猜起謎來……

118

沒有指針的鐘，那就是日晷啊！

日晷是用影子來指示正確時間的。

之前，我留意到城堡花園裏有一個日晷，相信下一個線索就在那裏！

做得好啊，菲！大家跟我一起去花園吧！

第十八章

去吧，膽小的老鼠！

我們跟着多愁·黑暗鼠，穿梭古堡裏的陰森走廊和秘道（仿如走了一公里那麼遠），終於來到了花園。

日晷！

銀色的蝙蝠翅膀！

羅馬數字！

寶石！

陰森的眼！

月暈指向城堡牆上的一道裂痕……

別傻了！
史力和史納已經
收好那些蛞蝓了，
對吧？

當然了，
多愁姑姐！

去吧，
膽小的老鼠！
快拿啊！

下一道菜還
等着呢！

時間已經
很晚了！

我閉起眼睛，伸出手爪想拿取裏面的線索。
我摸到一件冷冰冰，看來是金屬的東西……

我取出了一支世上最恐怖的搖鈴！

搖一搖這個鈴吧，小乖乖！好嗎？為了我？

但這看起來好像會召喚**蝙蝠**似的！

別傻了！當然不會召喚蝙蝠啦……

那好吧。

鈴鈴

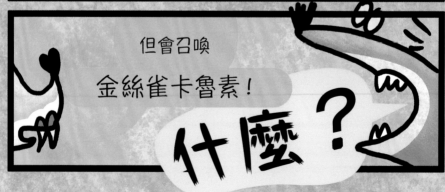

但會召喚

金絲雀卡魯素！

什麼？

第十九章

金絲雀卡魯素
甜美的苦情歌

一隻**令人驚駭**的鳥形物體突然
在黑暗中飛了出來！！

呼嗖！

平常的金絲雀兒
吱吱 喳喳叫，
我的 **金絲雀卡魯素**
卻不會令你 笑。

陰沉！陰沉！

城堡的嘉賓全都很糟，
我的鳥人也為此嚎啕，

嚎啕！嚎啕！

棺材不見了，沒人找到！
你們卻只在嘮嘮叨叨！

失望！失望！

金絲雀卡魯素之歌充滿哀號，
因為你們頭緒全無！

哀號！哀號！

顧着吃飯，時間已晚！
時鐘敲響了，你的命運將宣告！

劫數難逃！

這首歌很……
很……令人傷感！

但你們仍有機會解謎的！大家快聽聽金絲雀卡魯素提供的線索吧！

我是金絲雀卡魯素，要跟大家說的是：
快快解謎勿遲疑！
要找到棺材，要細細搜查每個走廊，
在絲般的牆後會找到暗房。
暗房裏有一位編織主角，
他拿着神秘晚餐的下一線索！

還有……如果有機會，我會咬你的脖子一口。

第二十章

一綑子綠索

多愁·黑暗鼠帶領我們走回飯廳時，
菲告訴我：

我想不通啊，
啫喱……

小心啊，菲！她可能還心懷怨恨！

她沒有心懷怨恨啊……

她拿着線索呢！

439步！

又有另一條線索？？？！？

嗯……多愁，你可以帶我們到樓梯那裏嗎？

噢，菲！你真聰明！

我們一直沿着梯級往上走，走到城堡最高的
一座塔樓。當我們到達時，菲已經
找到下一個線索了⋯⋯

上面寫着：**去圖書館！**

我的著作在哪裏？

呃……

找到了，上面寫着：「不准游泳。」

去護城河！

這瓶子裏有字條嗎？

找到了！

然後，我們跑經客廳時，聽見：

呀嗚！呀嗚！呀嗚！
呀嗚！呀嗚！呀嗚！
呀嗚！呀嗚！呀嗚！
呀嗚！呀嗚！呀嗚！

11:00！？？
多愁·黑暗鼠！求求你……
時間已經很晚了！到底
還有多少個線索？

哎呀……

我一點也不想去那趟旅行！

我只是想在 **午夜** 前能離開這裏！

但是，我總是努力保持禮貌。

我……嗯……
只是……嗯……很想
找到……嗯……那個
棺材！

謎底通常都是你喜歡的東西。
我們想想多愁·黑暗鼠到底
喜歡什麼,就會想到
答案是:

你成功了,啫喱!
你解開了最後
一道謎題!

我不是故意的!

第二十一章

忽然，所有燈都熄滅了！

多愁·黑暗鼠帶我們走到
城堡裏收藏木乃伊的房間……

我以為木乃伊
住在金字塔裏，
沒想過會在
城堡……

噢，這個是不同的！
她是我們家族的
親密朋友！

144

我們經過廚房的時候，波科說……

請容許我暫時離隊，我得檢查一下甜品……

樹懶鼻涕沙冰必須弄得清涼可口。

飛吻

甜品！？！

……糟糕了……我一定要快點離開這裏！

沒問題啊，波科！其他鼠請繼續跟着我……

忽然間，所有燈都
熄滅了！

在多愁·黑暗鼠點起蠟燭之前，賴皮不知怎的不停踩到我的腳整整十三次……

啊！
啊！ 啊！
啊！ 啊！
啊！ 啊！
啊！
啊！
啊！ 啊！
啊！ 啊！

我必須承認，這樣突然把燈關掉的安排真的很**恐怖**啊，多愁！

但……這不在我的計劃之中！我現在也開始有點害怕了！

第二十二章
木乃伊的詛咒

多愁·黑暗鼠仍在解釋她對整個城堡
突然關燈一事一無所知，然後……

什麼？天啊！？

藍乳酪碎屑！

那是誰來的？

是木乃伊！我們要快點走到她的房間！

噢，多愁·黑暗鼠，很抱歉啊！有鼠偷走了我們的金棺材！

我和爺爺正在玩 地鼠地雷 ……
然後所有燈都熄滅了。

到我點亮了蠟燭，
金棺材已

不翼而飛！

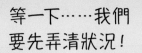

第二十三章

真相是……

原來剛才是史力和史納在鬧着玩，
把燈都熄滅了。如今他們開了燈，
讓大家一起尋找棺材。

為了安全起見，我原本把它放在我的襪子櫃裏！

木乃伊也穿襪子嗎？

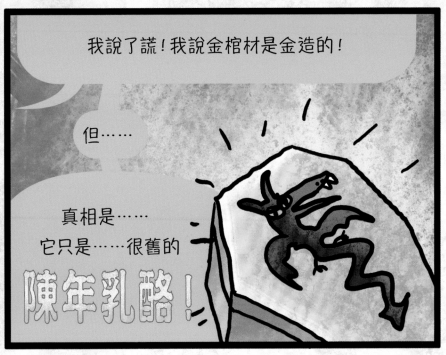

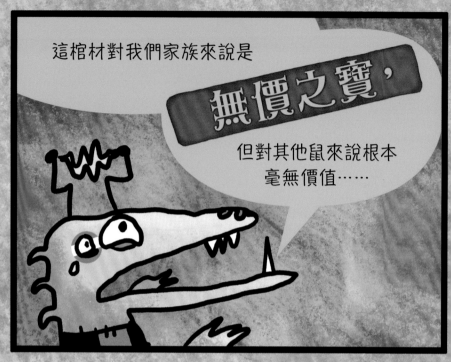

第二十四章
黏黏的發現

菲和我檢查了那個「飯」案……
我是說犯案現場!

你留意到什麼嗎?

有啊!原來木乃伊的襪子跟賴皮的襪子一樣臭!

專注一點，啫喱！我們要尋找線索啊！

嗯，這裏什麼都沒有啊，只有襪子、臭味，還有甜品！

甜品？

對啊，這裏四周都是**腐臭的**紫色黏液。可能是波科想請我們吃……

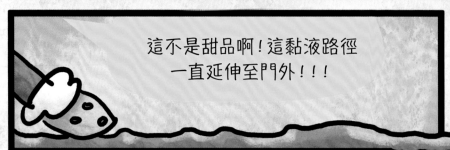

這不是甜品啊！這黏液路徑一直延伸至門外！！！

*布里乾酪是一種乳酪。叫你的哥哥做「布里乾酪腦袋」是不對的！

第二十五章
一條秘密的秘道

我醒過來後，便和菲一起跑回去，
告訴大家我們的發現！

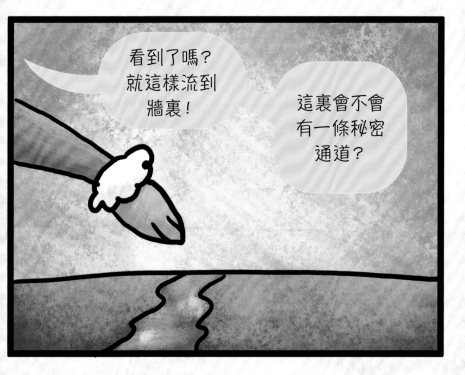

看到了嗎？
就這樣流到
牆裏！

這裏會不會
有一條秘密
通道？

我很熟悉這個城堡的八十七條秘道⋯⋯

但沒有一條在這裏附近啊！

可能是一條秘密的秘道啊！

各位！請大家一起留意看看，有沒有一些隱藏的按鈕、鑰匙孔，或者任何不尋常的東西！

其實，我們找到好幾樣不尋常的東西⋯⋯

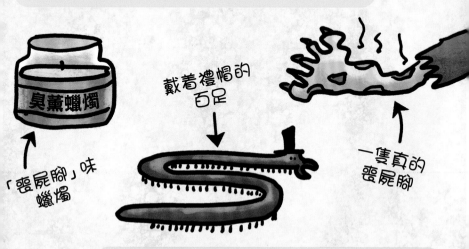

臭薰蠟燭

戴着禮帽的
百足

一隻真的
喪屍腳

「喪屍腳」味
蠟燭

⋯⋯但沒有任何能打開秘密通道的東西。

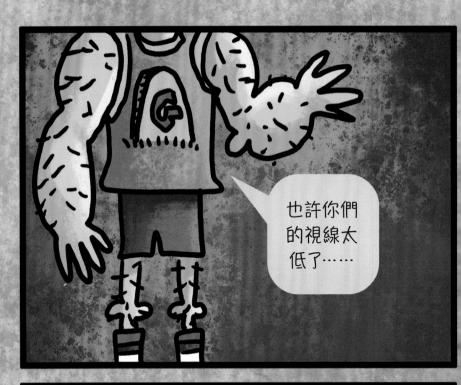

我們聽見一陣 轟轟聲 ……

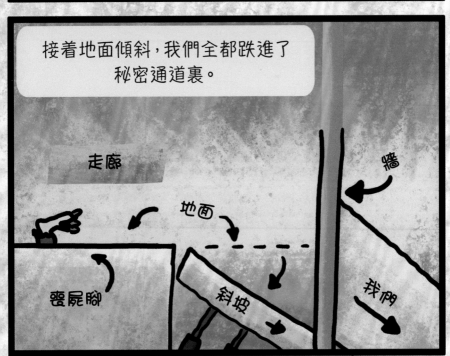

*克索布蘭可乳酪是一種乳酪醬。

第二十六章

很多很多
「可怕的東西」

斜坡的盡頭是一個山洞，
裏面充滿着黏液！

看來我們在
山的深處！

我們怎樣才能出去啊？

我們一天還未找到金棺材，一天都不會出去！

不過，如今無法再追蹤黏液的路線了……因為四周都是黏液！

而且四方八面都有隧道！

我們必須
分頭行事……

我跟你一隊吧，
多愁·黑暗鼠！

啊，你們真好，
但我會跟
謝利連摩……

討厭！

為什麼要選我？

噓！
史提頓
先生！

對不起，
我們之前作弄你！

我們現在想
幫助你！

中間的隧道光線充足，
地面不會太滑，而且分
百之百沒有**蛞蝓**！

非常安全！

第二十七章

溫馴無害！

（除了月圓之夜的午夜時分）

我很害怕！我驚恐極了！

我正在準備揪着 **尾巴** 離開，

當我退後一步……

卻踩到了一隻 **蜥蜴**！

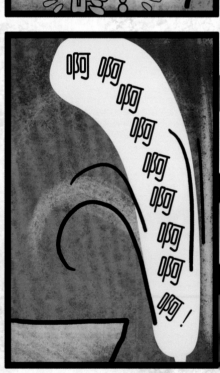

然後……

……在很遠很遠的上方……

在一公里的石頭之上……

……由城堡那裏……

……穿過山洞……

……傳來了我最害怕的聲音！

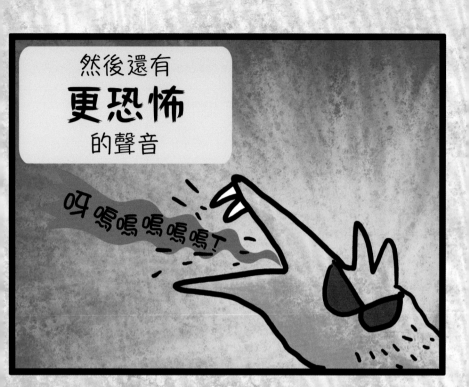

那些蛞蝓一隻疊一隻的……
漸漸合為一體
變成了……

一隻
巨大的怪獸！

第二十八章

令人嘔心

的老鼠

我面對的不是五千隻蛞蝓,而是
一隻五千倍大的蛞蝓!

我試圖爬出深坑……

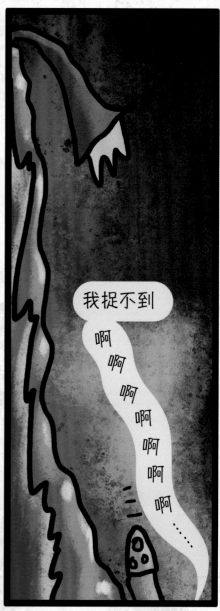

但這坑太陡峭，太滑了！

正當我想要放棄之際……
黑暗中傳來一把聲音。

是賴皮！還有波比？他們找到了另一個通往
深坑的入口！但對我來說，那就是 **出口！**

差一點！

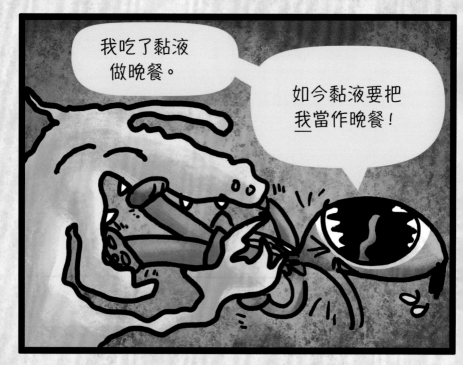

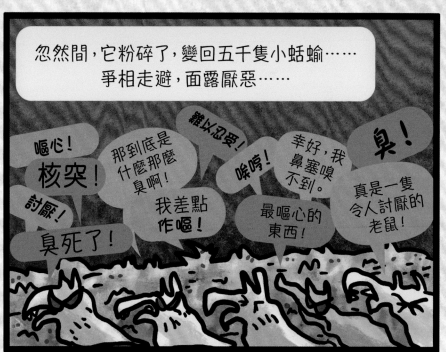

第二十九章

對不起啊，小乖乖！

我做了一個美夢！我的小說
成為了暢銷書！書名是……

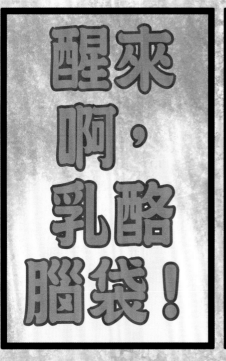

終章

有一天，我的助理畢粉紅，跑進我的
辦公室，手爪裏揮着她的手提電話。

最新的暢銷榜
發布了！你的
新書上榜了！

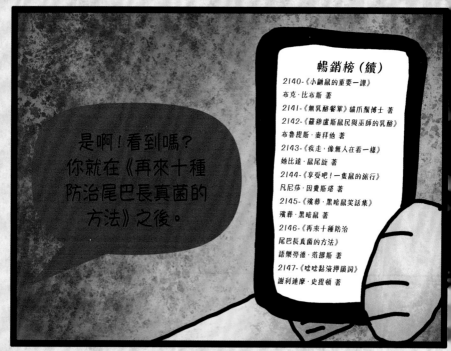

那麼……呃……
第一位是誰？

來自塔鼠曼尼亞的問候!

親愛的謝利連摩:

你不在實在太可惜了!這個時節的墓碑特別漂亮!幸運的我比已經遇見了三隻吸血鬼和一隻食屍鬼!下星期還有最令人期待的沼澤蝙蝠節!

期待的沼澤蝙蝠節!

多愁·黑暗鼠

寄:

老鼠島妙鼠城

鼠民公報

謝利連摩·史提頓

老鼠記者漫畫 2
古堡驚魂夜

作　　　者：謝利連摩·史提頓(Geronimo Stilton)
故　　　事：伊麗莎白·達米 (Elisabetta Dami)
繪　　　圖：湯姆·安祖柏格 (Tom Angleberger)
譯　　　者：張碧嘉
責任編輯：胡頌茵
中文版封面設計：蔡學彰
中文版內文設計：劉蔚
出　　　版：新雅文化事業有限公司
　　　　　　香港英皇道499號北角工業大廈18樓
　　　　　　電話：(852) 2138 7998
　　　　　　傳真：(852) 2597 4003
　　　　　　網址：http://www.sunya.com.hk
　　　　　　電郵：marketing@sunya.com.hk
發　　　行：香港聯合書刊物流有限公司
　　　　　　香港荃灣德士古道220-248號荃灣工業中心16樓
　　　　　　電話：(852) 2150 2100　傳真：(852) 2407 3062
　　　　　　電郵：info@suplogistics.com.hk
印　　　刷：C & C Offset Printing Co., Ltd.
　　　　　　香港新界大埔汀麗路36號
版　　　次：二〇二一年五月初版

http://www.geronimostilton.com
Geronimo Stilton names, characters and related indicia are copyright, trademark and exclusive
license of Atlantyca S.p.A. All Rights Reserved. The moral right of the author has been asserted.
Based on the book of the Storie da Ridere series "Cena Con Mistero"
copyright © 2018 by Mondadori Libri S.p.A. for Piemme Italia
© 2021 Atlantyca S.p.A. All rights reserved except for Italian publishing rights reserved to Mondadori Libri S.p.A.
Original title: Slime for Dinner
Text by Geronimo Stilton
Story by Elisabetta Dami
Cover and Illustrations by Tom Angleberger
Book design by Phil Falco and Shivana Sookdeo - Creative Director: Phil Falco
Based on an original idea by Elisabetta Dami
First published in February 2021 by Scholastic Inc., New York
Traditional Chinese Edition © 2021 Sun Ya Publications (HK) Ltd.
International Rights © Atlantyca S.p.A., via Leopardi 8, 20123 Milano, Italia
foreignrights@atlantyca.it- www.atlantyca.com

ISBN: 978-962-08-7703-2
Traditional Chinese Edition © 2021 Sun Ya Publications (HK) Ltd.
18/F, North Point Industrial Building, 499 King's Road, Hong Kong
Published in Hong Kong, China
Printed in China

創作團隊簡介

故事：

伊麗莎白·達米 (Elisabetta Dami)

伊麗莎白·達米出生於意大利米蘭，是一位出版商的女兒。她熱愛旅遊冒險，懂得駕駛小型飛機和跳降落傘，曾經攀登非洲的乞力馬扎羅山、遊歷尼泊爾，以及到非洲野生動物保護區跟各種野生動物作近距離接觸；性格活潑好動，曾經三次參加紐約市馬拉松賽事。不過，她始終認為書本創作是一場最偉大的冒險，因而創作了世界知名的謝利連摩·史提頓！

繪圖：

湯姆·安祖柏格 (Tom Angleberger)

著名作家及插畫家，曾經參與製作無數的漫畫兒童讀物，作品主題廣泛，涵蓋會說話的動物、植物，甚至會說話的紙——紙藝尤達大師。他和太太插畫家西西貝兒，定居在美國維珍尼亞州克里斯琴斯堡。

上色：

科里·巴爾巴 (Corey Barba)

住在美國洛杉磯的著名卡通動畫師、作家和音樂家，主要從事繪畫兒童漫畫。他小時候熱愛各種怪物、卡通動畫、布偶和瘋狂科學家。長大後，他從事兒童動畫創作，出版作品包括：《老鼠記者漫畫》和《海綿寶寶漫畫》，曾經為美國夢工廠動畫公司和美國《瘋狂雜誌》工作。

❶ 公爵千金失蹤案

公爵千金失蹤了！黑尾鼠公爵一家在案發現場完全找不着任何強行闖入的痕跡，大家都茫無頭緒，急忙向福爾摩鼠求助⋯⋯謝利連摩化身神探助手，與福爾摩鼠一起到公爵府進行調查，到底犯人是如何在守衛森嚴的貴族大宅裏，不動聲色地擄去公爵千金的呢？

刑偵三部曲

❶ **案件**：交代案件背景

❷ **調查**：找出案件線索和證據

❸ **結案**：分析揭曉罪魁禍首

一起破解各種離奇案件！